AF466846

LES BATELIERS DE SAINT CLOUD,

OPERA COMIQUE

*De Monsieur F***.*

Le prix est de 24 sols.

(Par Favart, d'après Boizot)

Chez { PRAULT Fils, Quay de Conti.
DELORMEL, à la descente du Pont Neuf, du côté des Augustins, au Nom de Jesus.

M. DCC. XLIV.

AVEC APPROBATION.

ACTEURS.

COLETTE.

MATURINE.

CLITANDRE.

Me THOMAS.

THOMAS.

NICOLAS.

La Scène est à S. Cloud.

LES BATELIERS DE SAINT CLOUD.

SCENE PREMIERE.

MATURINE, COLETTE.

MATURINE.

QU'AS-TU donc, Cousine, il semble que tu veuilles m'éviter.

COLETTE *d'un ton d'impatience.*

Tien, je t'avourai franchement que j'attens queuqu'un.

MATURINE.

Dont la Compagnie te plaît mieux que la mienne.

COLETTE.

Tu l'as deviné.

MATURINE.

Gramerci, ma Cousine.

COLETTE.

La tienne me fait plaisir aussi, mais dam, c'est bian differant.

MATURINE.

J'entens, c'est queuque Amoureux.

COLETTE.

Il ne faut pas encore que mon pere & ma mere sachent ça.

MATURINE.

Est-ce queuqu'un du Village?

COLETTE.

Du Village, da? C'est bian un Monsieur de Paris, Monsieur Clitandre.

AIR, *J'étois malade d'amour.*

Il est galant & fait au tour,
A nul autre il ne cede;
Il m'a dit, je perdrai le jour,
Si je ne vous possede,
Je suis, je suis malade d'amour,
Apportez-y remede.

MATURINE.

Eh ! Quel remede demande-t'il ?

COLETTE.

Belle question, de m'épouser, & il veut que ça se fasse au plûtôt.

MATURINE.

Prens-y garde, Colette, il y a comme ça des Epouseux si pressés, si pressés d'épouser, qu'ils ne se donnont pas la patience d'attendre la çarimonie.

COLETTE.

Oh ! je n'ai rien à craindre de Mr Clitandre.

MATURINE.

AIR, *Daphnis la vit, Philis le vit.*

Est-il bian çartain, Cousine,
Qu'il veut te donner la foi ?

COLETTE.

Oui sans doute, Maturine,
Il est trop charmé de moi ;
D'abord que nous vîmes,
Il s'attendrit, je m'attendris, & nous nous attendrimes.

MATURINE.

C'est aller bian vîte.

COLETTE.

AIR : *Mr, en verité vous avez bien de la bonté.*

Il me prit la main poliment,
Avec un air si tendre.

MATURINE.

Et tu le souffrois !

COLETTE.

Oui vraiment,
Je n'osois m'en défendre;
Doit-on montrer de la fiarté
Aux gens qui nous font politesse ?
Quelle rudesse !

MATURINE.

Colette, en verité
Vous avez bien de la bonté.

COLETTE.

AIR, *Ton petit vilain Mouton.*

Tout en jasant, tout en causant,
Il baise ma main doucement,
Si joliment, si drolement,
Puis il me la presse, ma Chere,
En me regardant tendrement,
Et moi, sans y penser, je serre
La sienne aussi.

MATURINE.

Cousine, tu fis mal.

COLETTE.

Moi! je fis mal? Tout au contraire,
Mais un plaisir sans égal.

Ça le rendit si joyeux, qu'il me dérobit un baiser.

MATURINE.

Et tu ne lui donnis pas tape.

COLETTE.

Eh pourquoi donc? il ne me faisoit pas mal non plus lui: Oh dam! je ne sai pas rendre le mal pour le bien.

MATURINE.

C'est ce qui me paroît. Ensuite?

COLETTE.

Oh ensuite, il me dit bien des jolies choses, me fit bien des sermens, qu'il n'en auroit jamais d'autre que moi, & tout cela, pendant que ma mere étoit occupée à voir tirer les fusées volantes; car pour mois j'étois si troublée, si troublée, que je ne voyois rien.

MATURINE.

Voyez ce que c'est.

COLETTE.

Je nous séparimes, & il envoyit exprès à S. Cloud, pour me rendre ce Billet...... Ah! je l'ai perdu.

MATURINE.

Et si queuqu'un le trouve.

COLETTE.

Nia pas de risque, il n'est ni mâle ni fumelle, écoute, je le sai par cœur : » Faites choix d'un endroit où je » puisse vous parler sans témoin, le tumulte de la Fête » nous favorisera, j'ai bien des choses à vous dire, qui » concernent notre Amour : V'la tout.

AIR, *Nâge toujours & ne t'y fi' pas.*

Tu vois que ce Monsieur la
M'aime pour le mariage,
C'est pour m'assurer cela,
Qu'il doit venir au Village.

MATURINE.

Vas, vas, vas toureloure, vas,
Nâge toujours & ne t'y fi' pas.

COLETTE.

Après tout, s'il m'attrapoit, je m'en apperceverois bien, je ne sis pas dupe.

AIR, *Bon tems dure long-tems.*

Je veux d'un sur engagement,
Et qu'un Mari toujours Amant,
Ait pour moi de ces feux ardens,
Qui durent, durent long-tems.

MATURINE.

MATURINE.

Pour plus de ſûreté, je ne te quitte pas, & je t'aiderai à découvrir ſes ſentimens.

COLETTE.

Et ſi ça lui ſait de la peine de te voir avec moi.

MATURINE.

Oh! tampis pour lui; mais à propos, que deviendra donc ce pauvre Nicolas?

COLETTE.

Bon, ne voudrois-tu pas que j'épouſiſſe un ſot?

MATURINE.

Pardi, ce ſeroit autant de fait.

SCENE II.

NICOLAS, COLETTE, MATURINE.

NICOLAS *chante dans la Couliſſe.*

Refrain.

AS-TU vû l'feu, Giroſme, as-tu vû l'feu,
Giroſme, as-tu vû l'feu?

COLETTE.

AIR, *Car je ſuis tout embareliſicorelicoté.*

Ah! Maturine, te voilà!

Eloignons-nous vîte.

NICOLAS *les arrêtant.*

Tout doucement, demeurez là,
Colette m'évite,
Quand je sis tout embarelificorelicoté
De son merite,
Quand je sis tout embarelificorelicoté
De sa biauté.

MATURINE.

Oh! nous n'avons pa le tems de t'écouter.

COLETTE.

Laissez-moi, Nicolas.

NICOLAS.

AIR, *Entre vous, jeunes filles.*

Qu'avez-vous donc, Colette?
Vous m'avez l'air piqué.
Oh guai!
Suivez-nous, ma Poulette,
Je rirons, jarnigué.
Oh guai!
Nous irons nous promener tous deux,
Nous jouerons à de petits jeux.
Ça, point de rigueur, mon petit Cœur,
Mettez-vous donc de belle humeur.

Palsangué, le jour d'aujourd'hui n'arive pas tous

les jours, il faut en profiter, pour se divertir com'les autres.

AIR, *Je suis un bon Jardinier.*

Mais quoi! vous parlez tout bas,
Et ne me répondez pas,
Pour vos biaux apas,
Vous savez, Helas!
Que l'amour me tourmente,
En voyant ce Minois si doux,
Je le sens qui s'augmente pour vous,
Je le sens qui s'augmente.

Mam'selle Colette, dites-nous donc queuque chose?

COLETTE.

Que veux-tu que je te dise?

MATURINE.

Eh! dis lui...... qu'il s'en aille.

NICOLAS.

Com'vous êtes rude au Monde [à COLETTE] parguene, écoutez-nous?

COLETTE.

Hebien! parle, j'écoute.

AIR, *Quand je partis de la Rochelle, ma Lirette.*

Je viens comme une Alumette,
Vos yeux gresillent tout mon cœur,
Ma Lirette,

Pernez, piquié de mon ardeur.

✣

Quand je vois, belle Brunette,
Le feu se prend à mon jabot,
Ma Lirette,
Vous m'enflamez comme un fagot.

✣

Dans la riviere je me jette,
Je me baignons vingt fois le jour,
Ma Lirette,
Sans éteindre le feu d'amour.

✣

Pour l'apaiser, chere Colette,
Faut la pompe de vos faveurs,
Ma Lirette;
Car sans vous, Belle, je me meurs.

COLETTE.

Tu es tout feu, Nicolas: Adieu, adieu, y a trop de risque à t'aprocher.

MATURINE.

J'allons faire sonner le tocsin sur toi.

NICOLAS.

Attendez donc, Mam'selle Colette, vous ne vous en irez pas stefois-ci, sans qu'ous m'ayez avoué du-moins que vous m'aimez.

COLETTE.

Me lairas-tu tranquille après?

NICOLAS.

Je vous en donne ma parole.

COLETTE. (*en s'en allant*)

Eh bian ! oui, je t'aime, au revoir : ah, ah, ah.

NICOLAS.

Jarnigué, queu plaisir, queu satisfation, mais elle me fuit, Maturine.

MATURINE.

C'est qu'elle t'aime, Nigaud.

SCENE III.

NICOLAS.

NICOLAS.

ALLE a raison, Colette me fuit, c'est bon signe.

AIR, *Tomber dedans.*

Quand Jeane voit son Amoureux,
La fine Mouche rit sous cape,
Li baille une taloche ou deux,
Tout aussitôt de li s'échape,
Et court au Grenier se cacher,

Et le Galant va li charcher.
Va li charcher (*bis*)
Et le Galant va li charcher.

Morgué, c'est un Garçon d'esprit, & je sis un sot de ne pas aller chercher itou Colette.

SCENE IV.

CLITANDRE, NICOLAS.

CLITANDRE.

ENSEIGNEZ-moi, mon Ami, la demeure de Me Thomas, Marinier.

NICOLAS.

C'est-là. Je sommes à son sarvice, si vous voulez, j'allons l'avartir.

CLITANDRE.

Cela ne presse pas. C'est, dit-on, le Cocq du Village, un homme riche, qui a une Fille & une Niece assez aimable.

NICOLAS.

Ouais, ça m'a l'air d'un Dénicheux de Marles, n'en voudroit-il pas à Colette? Tirons-li finement les vars du nez (*haut*) he, he, he, not' Bourgeois, m'est avis que vous cherchez plûtôt les Poulettes que le Cocq.

CLITANDRE.

Ce Drole eſt curieux.

NICOLAS.

N'auriez-vous pas déja jetté vot' plomb ſur Colette, par hazard.

CLITANDRE.

(*à part*) Diſſimulons (*haut*) tu te trompes, mon Ami.

NICOLAS.

Hom.... c'eſt donc ſur Matureine : Ah ! je le vois bien, vous riez. En ce cas, touchez-là, je vous accorde ma protection.

CLITANDRE.

C'eſt très-flateur.

NICOLAS.

C'eſt que j'aime Colette, moi, ſu vot'reſpect.

CLITANDRE.

Vous aimez Colette.

NICOLAS.

Oui, & vous Maturine aparamant.

CLITANDRE.

Comme tu devines (*à part*) faiſons-le jaſer.

NICOLAS.

Je gagerois queuque choſe, qu'il y a long-tems qu'ous vous aimez.

CLITANDRE.

Tu gagnerois.

NICOLAS.

Je ſis charmé de l'avanture, par ainſi je nous aïdrons comme Freres, & pargué, com'dit le Magiſter, *Aſinus Aſinum fricaſſe*, je vous rendrons ſarvice auprès de Maturine, en tout bien & tout honneur s'entend, & vous maiderez itou à épouſer Colette.

AIR, *Ventez-vous-en.*

Morgué, je meurs d'amour pour elle.

CLITANDRE.

Et ſur le cœur de cette Belle,

Tu ne produit pas même effet.

NICOLAS.

Oh que ſi fait! (*bis*)

Le Mariage eſt preſque fait.

CLITANDRE.

Pour moi, quelle triſte nouvelle!

NICOLAS.

Jaurons Colette avant un an,

Ventez-vous-en.

Je n'attends pu que le conſentement de ſon pere & de de ſa Mere, & le ſian, & pis c'eſt tarminé.

CLITANDRE.

CLITANDRE.

Ah ! je reſpire.

NICOLAS.

AIR, *Toujours, va qui danſe.*

Si je ne ſis pas gros Seigneur,
J'aimons de meilleur courage,
J'ons peu d'argent, mis par bonheur,
Je ſis propre à l'ouvrage;
Souvent avec ces talens-là,
On a la parfaranſe,
Eh ! la, la, la, la, la, la, la, la,
Et toujours va qui danſe.

CLITANDRE.

Quelle preuve as-tu que Colette t'aime ?

NICOLAS.

Alle viant de me l'avouer toute à l'heure, en riant comme une fole.

AIR, *Entrez, entrez petit Oiſeau*, ou *j'ai fait l'amour, c'eſt pour un autre.*

Je nous aimons, que c'eſt piquié,
Quand je li dis mon amiquié,
Sans m'écouter, alle s'eſquive,
Mais c'eſt afin que je la ſuive.

CLITANDRE.

Et tu n'y manques pas.

NICOLAS.

Tout franc, je n'ose, sarpedié, Maître Thomas ne se contente pas d'être jaloux de sa femme, il ne veut pas non pu que sa Fille ni sa Niece parlont à personne mais morgué, tampis pour li, tamieux pour nous n'y a que patience.

AIR, *Il réveille le Chat qui dort.*

Et malgré cet ordre sévere,
Je serons leux Epoux;
Pour s'assurer de nous,
Alles feront.... laissons les faire;
Qui gêne une Fille, a grand tort,
Il réveille le Chat qui dort.

Il est bon d'acorder par fois aux Filles queuques petites libartés, crainte qu'alles n'en pregnent de pu grandes.

CLITANDRE.

Tu raisones juste.

NICOLAS.

AIR, *Des Routes du Monde.*

L'honneur dans un jeune Tendron,
Est morgué, sans comparaison,
Commme un vin nouviau qui travaille;
Si l'on ne li baille un peu d'air,
Il fait écarter la futaille,
Et tout est au diable, & se perd.

CLITANDRE.

Ecoute, ne ſeroit-il pas à propos que je miſſe Colette dans ma confidence ?

NICOLAS.

C'eſt bien penſé, j'ons mis Maturine dans la nôtre, & je trouvarons tous quatre queuque ſtartagême pour rompre les meſures du Daron.

CLITANDRE.

Fais-moi donc au plûtôt parler à Colette ?

NICOLAS.

Oh ! très-volonquier.

CLITANDRE.

Si mon Mariage réuſſit, tu peux être ſûr qu'elle en ſera la premiere récompenſée.

NICOLAS.

Je vous en remarcie davance pour elle & pour moi ; tenez, la v'la, Matureine eſt avec elle.

SCENE V.

CLITANDRE, COLETTE, MATURINE NICOLAS.

COLETTE. (*à Maturine*)

MA Cousine, v'la Monsieur Clitandre.

NICOLAS.

Approchez, Matureine, c'est vot' Amoureux.

MATURINE.

Mon Amoureux !

NICOLAS.

Et oui, à quoi bon faire la Misterieuse ? je sçavons tout, y a long-tems qu'ous vous connoissez (*à Clitandre*) Cousin allez-li parler pu loin, à cause.....

COLETTE.

Qu'est-ce à dire ? je ne souffrirai point qu'il aille avec elle.

CLITANDRE.

Ne vous allarmez point, belle Colette, vous ne nous quitterez pas.

NICOLAS.

Sans doute il a queuque chose à vous dire, Mam'selle Colette, éloignez-vous au plus vîte, allez-vous entretenir tous trois dans mon Bachot, pendant que je ſerons ici ſentinelle pous vous, dénichez.

(*Quand ils ſont partis*)

Sarpedié, je ſis un fin Marle, com'je liai là tiré ſon ſecret en douceur : V'la la porte de cheux nous qui s'ouvre, ha, ha ! qu'eſt-ce que c'eſt que ſte figure-là ?

SCENE VI.

NICOLAS, THOMAS *en Femme.*

THOMAS.

AIR, *Du pain, de l'eau, elle vit.*

J'Ai la plus mechante Femme,
Don ſe ſoit chargé Mari ;
Alle veut, comme eune Dame,
Le ragoût d'un Favori :
Il faut enfin que j'éclate,
J'allons la ſuivre par tout :
Tu veux me trahir, Ingrate,
Tu n'en viendras pas àbout.

NICOLAS.

Quoi ! c'eſt vous, not' Maître, he, he, he, comme vous v'la fait ?

THOMAS.

AIR, *Pour danser, Biron.*

Heureux le ſort d'un Garçon,
Ma Femme eſt un vrai Demon;
La mutine,
Me lutine,
Nicolas,
J'en ſuis las:
J'en ai par deſſus la tête,
Dix pieds au-delà,
Mais que faire à cela?

NICOLAS.

Baillez-nous donc la ſignifiance de ce que ça veut dire?

THOMAS.

Je vians de trouver cheux nous un Billet, qu'un Galant adreſſe, ſans doute, à ma femme: Il li demande un rendez-vous pendant le tumulte de la Fête, pour des choſes qui conçarnent leur Amour.

NICOLAS.

Un rendez-vous à Madame Thomas!

THOMAS.

A qui donc? Colettte & Maturine ſont trop bian élevées, & ma jalouſie me baille un ſûr avartiſſement; mais je ſommes madrés, j'ons remis le papier où il étoit,

& j'ons pris l'habit que vla, pour ſuivre ma Pendarde, ſans qu'alle en ait doutance.

AIR, *Je vous la gringole.*

Alle veut ſoir & matin
Que l'on la cageole;
Mais ſi j'aparçois enfin
Qu'alle faſſe la fole,
Je vous la grin, grin, grin, grin,
Je vous la gringole.

NICOLAS.

Oh! ne faut pas en revenir à cet eſtarmité là, not' Maître.

THOMAS.

AIR, *Baiſe-moi donc, me diſoit Blaiſe.*

Comme dit çartain Fiſolofe,
Morgué, la femme eſt tout come une étofe,
Fort ſujette à ſe chifonner:
Pour la conſerver, il en coute;
On doit ſouvant la houſſiner,
Crainte que le var ne ſi boute.

NICOLAS.

AIR, *Tant de valeur, tant de charmes.*

Ce Philoſophe eſt une bête;
D'une femme, craignez les droits.
Si vous chargiais ſon dos de bois,
Alle en chargeroit votre tête.

THOMAS.

Tarare.

NICOLAS.

AIR, *Je gage de boire autant qu'un Suiſſe.*

On dit que la Leune eſt l'image
De la bonne amiquié du menage,
Entertenez en Mari ſage
Toujours votre amour dans ſon plein,
Sinon il arive du domage,
Et le Croiſſant ſuit le déclin.

THOMAS.

Oh! ſi c'eſt com'ça, not amiquié ne tardit guere à décliner: Quien, croi-moi, Nicolas, ne te riſque point dans la choſe du mariage n'y a pas pied là, autant vaut ſe jetter dans un principice.

NICOLAS.

AIR, *Confiteor.*

Vous me ſurprenez, mais pourtant
Il faut bian vrament que ça plaiſe,
Puiſque l'on ſe réjouit tant.

THOMAS.

Le premier jour on eſt bien-aiſe,
Le ſecond on en fait ſemblant,
Et el troiſiéme on ſe repent.

NICOLAS.

NICOLAS.

AIR, *Nous autres bons Villageois.*

En cessant d'être Garçon,
D'où viant qu'à la joie on se livre.

THOMAS.

Jen sçavons bien la raison;
Car j'avons lü ça dans un livre,
Qui dit que les Epoux nouveaux
Sont du naturel des Chevreaux
Qu'on voit danser & tremousser,
Quand leur bois commence à pousser.

NICOLAS.

Je ne dispute point là-dessus, vous devez savoir ça mieux que moi.

THOMAS.

Par exemple, quand j'épousis ma Femme, tout chacun disoit que j'allions être contens comme des Rois: Mais au Diable soit le contentement qu'on nous envioit, la chance a bien tourné, ma foi.

NICOLAS.

Ne peut-on savoir de qui vous êtes jaloux?

THOMAS.

D'un Esprit, jarnigué.

NICOLAS.

D'un Esprit!

THOMAS.

AIR, *Ici sont venus en personnes, eh allons donc, jouez Violon.*

Eune nuit ronflant à merveille,
Pouf, patatras, un bruit m'éveille ;
Jentens ouvrir notre volet,
Je vois une Figure blanche,
Que je veux saisir par la manche,
Mais ça me donne un bon souflet,
Et trois coups de manche à balet,
Et puis après mainte gambade
Par la fenêtre, ça s'évade :
Ma Femme dit c'est le Folet
Qui viant panser notre Mulet,
Et l'air seul forme sa figure ;
Moi j'ai bian senti, je te jure,
A ma joue, ainsi qu'à mon dos,
Que l'Esprit est de chair & d'os.

NICOLAS.

Bon, c'est queuque vision.

THOMAS.

Oh quenani ! & j'ai soupçon que c'est li qui donne aujourd'hui rendez-vous à not' Femme ; mais, sarpéjeu, si je le trouve avec elle.

NICOLAS.

Quel parti prenrez-vous ?

THOMAS.

Je ne li dirons rian, mais je nous en prenrons à ma Femme, & je publirons par tout son devargondage.

NICOLAS.

Vous serez bian vangé.

THOMAS.

Quien-toi là, & fais-moi signal, drès que tu la veras sortir, jallons me poster plus loin.

AIR, *Morgué, laisse-là Pierot.*

Faut-il en homme sans cœur
Que jendure
Qu'on me fasse injure ?
Faut-il en homme sans cœur
Que jendure qu'on m'ôte l'honneur ? (*fin*)
Morgué si cette Volage
Se degage,
Je ferai tapage,
Je le publirai, je le dirai dans le Village.
Oui, je compte
L'accabler de honte,
Tretous le sauront,
On ne peut trop li faire afront.
Faut-il en homme d'honneur, &c.
(*jusqu'au mot fin*)

SCENE VII.

THOMAS, NICOLAS, Me. THOMAS, *en homme.*

NICOLAS.

AH, ah, ah, qu'il eſt drole com' ça ! Mais quel eſt ce perſonnage qui ſort de cheux nous ?

Me. THOMAS.

AIR, *Le Gourdin, dindin, dindin.*

Oui, Thomas n'eſt qu'un franc vaurien,
Qui diſſipe tout mon bien ;
C'eſt un Jaloux qui murmure,
Et qui tant que le jour dure,
S'enyvre & charche avanture,
Lure, lure, lure, lure, lure.
J'ai, pour l'en punir, bon moyen,
Guereliguin, guerelinguin, guin, guereliguin, guin.

NICOLAS.

Ça ne ſent rien de bon pour not' Maître.

Me. THOMAS.

AIR, *Charchez un autre Nicolas.*

Ah! Nicolas, dis-moi de grace,
As-tu vû ton Maître Thomas?
Je veux par tout suivre ses pas,
Instruit-moi de ce qui se passe.

NICOLAS.

Morgué, je ne vous connois pas,
Cherchez un autre Nicolas.

Me. THOMAS.

Tu ne reconnois point Madame Thomas.

NICOLAS.

Comment, c'est-ce vous, Maîtresse.

Me. THOMAS.

Moi-même; un Billet que je vians de ramasser, m'aprend: qu'on donne aujourd'hui rendez-vous à mon Mari.

NICOLAS.

(*à part*) C'est peut-être le même Billet qu'il a trouvé. (*haut*) êtes vous bian sure de ça, l'adresse est-elle à Maître Thomas?

Me. THOMAS.

Non, mais j'ai des soupçons trop bian fondés, tu connois une certaine Avocate qui viant d'ordinaire en cette saison prendre le Bain à S. Cloud.

NICOLAS.

Je ne connois autre.

AIR, *Le Parlement est à Pontoise, sur Loise.*

Alle trouve liau de la Seine
Moins saine,
Toute autre part qu'ici.

Me. THOMAS.

Alle ne veut que mon Mari,
Jamais d'autre au Bain ne la meine:
Eh, oui, oui, Alle trouve liau de la Seine
Moins saine,
Toute autre part qu'ici.

AIR, *Il a la fin Montre au gousset.*

Ce qui fait croître mon soupçon,
Thomas reviant à la maison,
Raportant pour sa peine,
D'argent sa poche pleine.

NICOLAS.

AIR, *On y va deux, on revient trois.*

Puisqu'on li baille finance,
Pourquoi faire du fracas?

Me. THOMAS.

Oh! tu ne sais point, Nicolas,
Ce que j'en pense;
Mon mari ne m'aporte pas
Ce qu'il dépense.

NICOLAS.

AIR, *Vous y perdez vos pas, Nicolas.*

Mais de ce qui lui reſte,
Du moins il vous fait part.

Me. THOMAS.

Il m'en fait part! eh zeſte,
C'eſt pour le tiers & le quart,
Je n'en profite pas, Nicolas,
Nicolas je ne m'en ſens pas.

AIR, *C'eſt pour le badinage.*

Jamais il ne ſera
Qu'un dépenſier volage;
Du peu de bien qu'il a,
Il fait mauvais uſage:
Eſt-ce pour ſon menage
Qu'il ſe ruine ainſi, nani,
C'eſt pour le badinage?

NICOLAS.

Il ne faut pas non plus, Maîtreſſe, ſe mettre des chimeres dans la tête.

Me THOMAS.

Oh! tu ne connois pas le Pellerin, il ne montre pas

ſes mauvaiſes magnieres à tout le monde.

AIR, *Adieu, Voiſine.*

Pour moi ce n'eſt qu'un impoli,
Qui toujours chante game,
Dans la pareſſe enſeveli,
C'eſt un yvrogne infâme,
Qui met toute choſe en oubli,
Juſqu'à ſa femme.

NICOLAS.

AIR, *Allons la voir à S. Cloud.*

Vous avez de la vartu,
Mepriſez ſon inconſtance.

Me. THOMAS.

Si jen avois moins ſais-tu
Que je prenrois patience.

NICOLAS.

Pardi, c'eſt avoir du guinon.

Me. THOMAS.

Je n'ons un Mari que de nom,
Et quand je me deſole,
Je n'ons rian qui m'en conſole.

NICOLAS.

Dame, c'eſt autre choſe.

Me. THOMAS.

Me. THOMAS.

AIR, *La Bergere de nos Hameaux.*

Ce n'est qu'aux Dames qu'il sied bian
D'avoir eun Epoux de parade,
Nous, je n'avons pas ce moyen,
Et je ne sont point d'escapade:
Mon chien de mari
Est de moi trop cheri;
Je suis bian de mon village,
Moi qui n'en ons qu'un,
Faut-il qu'il soit commun,
Comme à Paris c'est l'usage.

NICOLAS.

Je vous avoue que c'est triste.

Me. THOMAS.

Je vais sous cet habit l'épier de si près, que rien ne m'échapera, seconde-moi de ton côté.

AIR, *On voit dès le deuxiéme.*

Va voir, je t'en conjure,
Où peut être Thomas,
Guette si le parjure
Ne me fait point d'injure.

NICOLAS.

Laissés faire, je vous en rendrons bon compe (*à part*) Allons plûtôt avartir Colette de ce qui se passe. (*il sort*)

SCENE VIII.

MADAME THOMAS.

MADAME THOMAS. (*continue l'air*)

DE bon cœur je m'aprête
A rosser les apas
De sa belle Conquête,
Je m'en fais une fête;
S'il est en tête à tête,
Je saurai l'en punir,
Thomas n'a qu'à se bian tenir,
J'ai ma vengence prête.

Hois, v'la une femme qui me regarde bian.

SCENE IX.

MADAME THOMAS, THOMAS.

THOMAS.

VOILA un Vivant que je vois roder au tour de de not' maison, ne seroit-ce point le Galant de not' Femme, sachons ça?

THOMAS.

AIR, *Turlurette.*

Ici n'attendez-vous pas
La Femme à Maître Thomas,
C'est une franche Coquette,
Turlurette.

Me. THOMAS.

AIR, *J'ai passé, rap-ssé pardevant votre porte.*

Alte là, s'il vous plaît,
Votre audace est extrême,
C'est un autre moi-même,
J'en prenons l'interêt
Mieux que son Epoux même,
Je sai ce qu'elle fait.

THOMAS (*à part*)

Ouf! j'ai peine à me contenir.

Me. THOMAS.

Mais répondez à votre tour, n'êtes-vous pas celle qui donne des rendez-vous à Thomas.

AIR, *Vîte, battez la retraite.*

N'avez-vous pas là sur vos hanches
L'habit de Madame Thomas?
Voilà son corcet des Dimanches,
Morbleu, je ne nous trompons pas;

Allons, Madame la Grisette,
Deshabillez-vous à l'instant,
Ratapata patapan,
Et battez-moi la retraite.

THOMAS.

Mais, mais, de quel droit, s'il vous plaît ?

Me. THOMAS.

De quel droit ! apernez que c'est moi qui sommes Madame Thomas.

THOMAS.

Oh ! oh ! & nous Thomas : Que veut dire ce déguisement-là, not' Femme ?

Me. THOMAS.

Que veut dire le vôtre, not' homme ?

THOMAS.

C'est donc ainsi qu'au dépens de mon honneur.

Me. THOMAS.

De votre honneur ! Est-ce que vous avez un honneur, Me. Thomas.

THOMAS.

Jarnigué, qu'est-ce que ça signifie encore ?

Me. THOMAS.

Que vous êtes un sot, avec vos chimeres !

THOMAS.

En v'la, morgué, plus que je n'en demandions.

Me. THOMAS.

Il vous sied b'an de soupçonner une Femme comme moi ; tout le monde sait que je suis sage extraordinairement.

THOMAS.

Oh ! oui ; extraordinairement.

Me. THOMAS.

Allez, vous avez perdu l'esprit.

THOMAS.

A propos de ça, si je rencontrons vot' Esprit familier à vous.

Me. THOMAS.

Et moi votre Avocate.

AIR, *La mort pour les malheureux.*

Quoi ! toujours sur un soupçon
Pris sans raison,
Tu feras carillon
Hors de saison :
A quoi bon ces éclats ?
Tu te chêmes, Thomas,
Et pour un mal que tu n'a pas,
Tandis qu'on voit en tous lieux
Tant de Messieux
Qui ne sont pas, ma foi,
Francs comme toi,
Et tous ces gens de bien
Le savent bien,
Sans témoigner rien.

Je déplore mon malheur ;
Devois-je t'épouser, volage ?
A Paris un Procureur
Me vouloit en mariage,
J'aurois eu chaque jour
Nombreuse cour,
De Galans faits au tour,
Au lieu que je n'ons ici
Jamais que du souci.

THOMAS.

Bon, bon, quoique Villageois,
Je suis Matois,
De tout je m'aperçois,
En tapinois,
Vous voudriez, je crois,
Au mépris de mes droits,
Me traiter ainsi qu'un Bourgeois,
Pour moi c'est trop de faveur,
C'est trop d'honneur,
Je sis un homme vil,
Trop peu civil
Pour connoître le prix
des Favoris,
Comme on fait à Paris.

Me. THOMAS.

C'eſt toi, c'eſt toi qui n'es qu'un franc Libartin,
Ah, ha, ha, quel chagrin!
Hélas! cruel, je paſſe tous les jours à gémir,
Fais, fais, fais-moi mourir,
Si tu ne veux mieux agir.

THOMAS.

C'eſt toi.

Me. THOMAS.

C'eſt toi qui n'es qu'un franc Libartin,
Ah, ah, ah, quel chagrin!

THOMAS.

Morgué, taiſez-vous.

Me. THOMAS.

Tu n'es qu'un Jaloux.

THOMAS.

Morgué, files doux.

Me. THOMAS.

Qu'un vieux Loup garoux.

THOMAS.

Vous criez trop fort.

Me. THOMAS.

Tu n'es qu'un butort.

THOMAS.

Voyons qui de nous a tort;
Hier au ſoir.
Tu donnis un baiſer à Colinet.

Me. THOMAS.

Non, eſprit noir,
Non, c'étoit lui qui me le donnoit.

THOMAS.

Avec gros Guillot.....

Me. THOMAS.

Hebien, qu'en eſt-ti ?

THOMAS.

Tu fus à Chaillot.

Me. THOMAS.

Oh ! t'en a menti.

THOMAS.

J'en fus avarti.

Me. THOMAS.

C'étoit à Paſſi,
Peut-on m'accuſer ainſi ?

AIR, *Ah ! Barnaba, ta Bequille eſt aimable.*

ENSEMBLE

De ce tracas,
Il eſt tems que je me venge,
Ne puis-je pas
Agir, comme tu feras,
Change pour change,
N'y a rien là d'étrange,
Quand on ſe dérange.

Me THOMAS.

Me. THOMAS.	THOMAS.
Mon mari Thomas.	Ma femme Thomas.

Ah

Quel fracas, &c.

SCENE X. ET DERNIERE.

NICOLAS, COLETTE, CLITANDRE, MATURINE, THOMAS, Me. THOMAS.

NICOLAS, *se mettant vîte entre Thomas & sa Femme.*

QU'est ce qu'y a ; qu'est-ce qu'y a not' Maître com' vous gueulez.

THOMAS.

Coment eune femme qui accepte un rendez-vous qu'un Galant li demande par un billet.

Me. THOMAS.

Que voulez-vous dire, c'est bien pour vous ce billet & le voici.

MATURINE.

Voyons, voyons, il n'est pout l'un ni pour l'autre.

NICOLAS.

Non, car c'eſt pour Matureine, contes leus ça, Hé, hé, hé, rien n'eſt pû drôle.

MATURINE.

Vous vous trompez tous, il eſt pour Colette.

Me. THOMAS.

Pour Colette.

COLETTE, *s'avançant.*

Oui ma mere.

Me. THOMAS.

Et qu'eſt-ce qui vous écrit ça.

CLITANDRE, *s'avançant.*

Moi Madame Thomas, je voulois être inſtruit des ſentimens de Colette avant de vous la demander en mariage, j'eſpere que vous ne me la refuſerez ni l'un ni l'autre.

Me. THOMAS.

Comment c'eſt vous Monſieur Clitandre, tout de bon vous voulez....... en verité vous nous faites trop d'honneur & de grand cœur je vous l'accorde.

THOMAS.

J'y conſens itou, j'aime mieux qu'on recharche ma fille que ma femme.

NICOLAS.

Et je n'y consens point moi, jarnigué qu'eu trahison.

MATURINE.

Hé, hé, hé, tu ne trouves pas ça drôle Nicolas.

THOMAS.

Allons ma femme, puisque je n'ons eu qu'une fausse alarme, racommodons nous.

Me. THOMAS.

Volontiers.

THOMAS.

Dans le fond je vous ai toujours consideré com' une bonne femme.

Me. THOMAS.

En mon particulier, je vous ai toujours regardé comme un bon homme.

MATURINE.

Qu'il n'en soit plus parlé, ne songeons qu'à nous réjouir. *Elle sort.*

THOMAS, *emmenant sa femme.*

C'est bian dit.

CLITANDRE *à Nicolas qui reste stupefait.*

Va je me souviendrai du petit service que tu m'as rendu. *Il emmene Colette.*

NICOLAS.

Allons donc gros gausseux, ventre gué je m'en vengerons & quand je le rencontrerons seul à seul je veux bien que le Diable m'enleve si je l'y ôtons mon Chapeau. Adieu parfide Colette.

Il se retire en criant après Clitandre.

FIN.

www.ingramcontent.com/pod-product-compliance
Ingram Content Group UK Ltd.
Pitfield, Milton Keynes, MK11 3LW, UK
UKHW020411220726
13923UKWH00004B/1882

9 782019 254957